Cent ans de solitude

FichesdeLecture.com

Cent ans de solitude (Fiche de Lecture)

I. RÉSUMÉ

Ce livre contient plus de quatre cents pages et est très dense. En faire le résumé est donc assez difficile, mais la tentative en vaut plus que la peine. Attendez-vous cependant à quelque chose de long car cette œuvre est vraiment foisonnante !

Nous sommes en Colombie vers la fin du XIXe siècle. La famille Buendia est installée en Colombie depuis plusieurs siècles. Notre héros, José Arcadio Buendia a épousé une de ses cousines, Ursula. Cette dernière est assez affolée par cette situation car elle craint d'enfanter un iguane. En effet, un enfant ayant une caractéristique animale était déjà né dans sa famille suite à un mariage du même genre. Aussi, Ursula s'est fait faire une culotte inviolable et n'entend pas s'en séparer pour dormir. Le secret est percé et José Arcadio est la risée de certains. Un jour, suite à une insulte, il tue celui qui la lui a faite. Miné par l'âme de ce mort qui vient le titiller chaque nuit, il décide de quitter son village. D'autres habitants le suivront et ils deviendront les fondateurs de Macondo, village que nous retrouvons fréquemment dans les livres de Garcia Marquez. Macondo est très loin de tout, un trou perdu dans la brousse, mais il y passe quelqu'un de temps à autre. Il en va ainsi d'une troupe de gitans dirigée par un certain Melquiades.

Celui-ci donnera une partie de son savoir à José Arcadio, mais une autre partie le sera au travers de textes incompréhensibles. Cela semble un langage codé, mais personne n'en trouve le code. José Arcadio Buendia, de ce jour, se lancera dans des travaux et inventions diverses, mais en général sans grand intérêt pour lui-même, sa famille ou la communauté. Il aura deux enfants : l'aîné, José Arcadio et le second Auréliano. Le second sera très intéressé par l'alchimie, comme son père, alors que le premier n'aura pas cet intérêt. Il est très grand, d'une force herculéenne et terriblement bien monté au point que sa mère Ursula s'en montre inquiète. Elle ira voir une cartomancienne du village qui l'aide aussi à ses travaux ménagers. Elle s'appelle Pilar Ternera et fait partie des fondatrices de Macondo. Elle y jouera d'ailleurs un grand rôle et fournira aussi plusieurs petits Buendia et déniaisera les deux frères.

Mais un jour, alors que les gitans quittent le village, José Arcadio part avec eux afin de découvrir le monde. Il ne reviendra que des années plus tard. Une fille naît chez les Buendia et porte le nom d'Amaranta. Quant à Auréliano, il possède une sorte de pouvoir divinatoire et surtout beaucoup d'intuition. Il devina que Pilar Ternera était à l'origine de la fuite de son frère. Le village va soudain récolter quelques nouveaux habitants et se développer. À la naissance de l'enfant de Pilar et de José Arcadio, c'est Ursula qui se chargera de son éducation. Il habitera chez elle avec le prénom de son père, mais on utilisera Arcadio tout simplement pour ne pas confondre. Il sera donc élevé avec Amaranta.

Auréliano de son côté se passionne pour l'orfèvrerie. Une troupe de gens accompagnés d'une petite fille de onze ans débarque un jour au village. Ils la remettent à la famille Buendia avec une lettre expliquant qu'elle est orpheline, mais issue d'une vague cousine du côté de la famille d'Ursula. Elle n'a pas de prénom et ce sera donc Rebecca.

Mais une grande révolution va arriver au village. Un jour débarque Don Apolinar Moscote qui est un représentant du gouvernement. Évidemment il émet des règlements et entend les voir respectés. José Arcadio Buendia n'accepte pas cela et s'oppose à lui. Don Moscote a plusieurs filles, dont une qui est superbe et s'appelle Remedios. C'est sa plus jeune et elle a à peine une douzaine d'années. Mais, aux premiers regards échangés, Auréliano tombe follement amoureux d'elle.

Arrive aussi un jeune homme, Pietro Crespi, né à Venise et professeur de musique et de danse. Amaranta et Rebecca tomberont follement amoureuses de lui. La lutte sera serrée et dure entre les deux filles !... Alors qu'elles se dévorent chacune de l'intérieur, voilà qu'Auréliano finit par épouser une Remedios à peine pubère. Mais Remedios mourra bien vite, laissant son mari désespéré et non désireux de rencontrer une autre femme. Entretemps, José Arcadio Buendia deviendra fou et la famille décidera de l'attacher solidement à un arbre du jardin. Pietro Crespi a demandé Rebecca en mariage à la plus grande fureur d'Amaranta, mais la noce sera constamment repoussée pour des raisons diverses.

José Arcadio fils revient de son long voyage. Rebecca ressent une terrible attraction vis-à-vis de lui et, un jour, il s'empare d'elle pour la porter encore plus haut qu'au septième ciel. Elle n'y résistera pas et ils iront vivre ailleurs au village. Les voisins se plaigneront des nombreux hurlements de femme, nocturnes ou diurnes, qui retentiront dans leur quartier. Quant à Pietro Crespi il finira par se remettre de sa déception et à enfin voir Amaranta. Il la demande en mariage, mais elle prétend vouloir se donner du temps...

La lutte entre les conservateurs et les libéraux s'intensifie au niveau national. Les premiers estiment qu'ils sont élus de Dieu, alors que les seconds auraient l'intention de pendre les prêtres, de supprimer le mariage, d'autoriser le divorce, etc. Auréliano, témoin de la fraude électorale des conservateurs prend parti contre eux. Il rejoindra la guérilla, deviendra le colonel Auréliano Buendia et leur fera la guerre pendant plus de vingt ans.

Le jeune Arcadio devient le chef du village et se conduit en véritable dictateur. Il aura sa grand-mère pour principale opposante. Amaranta, elle, annonce à Crespi qu'elle ne l'épousera jamais. Il se suicide. Les libéraux perdent la guerre civile et Arcadio sera arrêté et fusillé. Mais auparavant, il vivait, en concubinage, avec une jeune et jolie femme portant le nom de Sainte Sophie de la piété. Il en avait une petite fille de six mois et elle attendait un second enfant. En réalité ce sont des jumeaux qu'elle mettra au monde. L'un portera le nom de José Arcadio le Second et l'autre d'Auréliano le Second.

Le colonel Auréliano perd sa seizième guerre et est fait prisonnier. Condamné à mort, il émet un dernier vœu qui est d'être fusillé à Macondo. Là, l'officier du peloton d'exécution refuse de tirer et Auréliano reprendra aussitôt la lutte. Après des années de vie attaché à son arbre, puis nourri comme un légume dans sa maison, José Arcadio Buendia décède tranquillement dans son sommeil. Amaranta, après le suicide de Crespi, vivra en prières. Mais elle s'occupera aussi d'Aureliano José, l'enfant qu'Auréliano a eu avec Pilar Ternera avant son mariage avec Remedios. Ils se livrèrent à des jeux sensuels plus que dangereux, mais elle résistera toujours à la dernière seconde. Auréliano José deviendra militaire et mourra d'un coup de fusil dans une rixe au village.

Le colonel Auréliano va perdre ses dernières révoltes et finira par rendre les armes. Il reviendra libre à Macondo mais sera perdu pour sa famille. La guerre l'a transformé et il ne quittera quasiment plus son atelier d'orfèvrerie où il fabriquera sans cesse des petits poissons en or.

Aureliano le Second épousera une très belle femme d'une autre la ville au nom de Fernanda del Carpio. Elle est malheureusement aussi coincée qu'elle n'est belle et se vantera toute sa vie de ne s'être jamais servie que d'un pot de chambre en or avec ses armoiries. Jamais elle n'arrivera à garder son mari qui sera terriblement épris d'une mulâtresse au nom de Petra Cotes. Si, jeunes, les deux jumeaux se ressemblaient terriblement, il en deviendra autrement avec l'âge. Aureliano le second s'avérera passionné, un temps, par les papiers laissés par le gitan Melquiadès, tandis que José Arcadio le Second va s'orienter d'abord vers la prêtrise. Mais bien vite Auréliano deviendra joueur d'accordéon et José Arcadio éleveur de coqs de combat. Auréliano le Second aura son premier enfant de sa concubine, avant son mariage, et il sera élevé par Ursula, pourtant déjà centenaire. Il s'appelle Auréliano et sa grand-mère compte bien en faire un prêtre, si pas un pape !

Aureliano le second vit quasiment aux crochets de sa concubine et tout ce qu'il commence avec elle marche. Ses élevages donneront toujours plus de petits que les autres. Il deviendra de plus en plus riche et sans faire grand-chose. Il agrandira et rénovera toute la maison familiale à ses frais, tout en habitant avec sa maîtresse. Mais le village prospère aussi car José Arcadio s'y met également. Il commencera par tenter de faire venir des bateaux à Macondo, mais ce sera un échec. Aidé par l'argent de son frère, il aura plus de chance avec le train et voilà le village raccordé à d'autres villes avec la possibilité de faire venir des marchandises plus facilement. À cela s'ajoute le fait que, suite à l'arrivée d'un Américain, une industrie bananière va se développer à Macondo.

Auréliano le Second aura, avec sa femme, un garçon, du nom de José Arcadio, et une fille qui s'appellera Renata-Remedios et que tout le monde appellera « Meme » diminutif de Remedios.

La ville continue à prospérer grâce au chemin de fer et à l'industrie bananière. De nouveaux magasins sont apparus et Macondo aura même son casino.

Le temps est venu d'envoyer le jeune José Arcadio au séminaire. Pour Meme, on envisageait le pensionnat et les cours de clavecin pour en faire une virtuose. Ursula vit toujours, mais devient de plus en plus aveugle. Amaranta se met à tisser son propre linceul et maintient qu'elle mourra le jour où il sera tout à fait terminé.

Quant au colonel Auréliano il meurt au pied d'un arbre, un soir qu'arrivait un cirque. Depuis des mois il ne se montrait quasiment plus. Lors d'un retour à Macondo de Meme pour les vacances scolaires, Fernanda du faire un gros effort car, quand elle arriva l'année suivante, elle assista au baptême d'une nouvelle sœur appelée Amaranta Ursula. Amaranta décède comme convenu le lendemain du jour où elle termine son linceul et les villageois, alertés, étaient venus lui donner les lettres à apporter aux morts.

Meme tombe amoureuse d'un ouvrier de l'usine bananière. Mais sa mère, alertée par différents soupçons décide d'intervenir. Elle demande au maire de mettre un garde près de sa maison le soir. Celui-ci tire sur l'amoureux de Meme et le touche d'une balle qui se loge dans la colonne vertébrale. Il restera cloué au lit pour le restant de ses jours. Meme eut cependant le temps de faire un fils et celui-ci sera caché dans un des ateliers pendant des années par Fernanda. Ursula ne sut même pas qu'il existait, Auréliano le Second ne l'apprendra que trois ans après sa naissance, l'enfant s'étant un moment échappé de son cabanon ! Lui aussi, comme José Arcadio, sera équipé d'un sexe impressionnant. Quant à Meme elle a été mise au couvent par Fernanda.

Quand Fernanda rentra d'avoir conduit Meme au couvent, elle sentit que l'ambiance n'était plus la même à Macondo. L'armée descendait vers le village et elle apprit que José Arcadio le Second poussait les ouvriers de l'usine bananière à se mettre en grève. Toute cette affaire va se terminer au plus mal pour les grévistes et par la fermeture totale de l'usine. José Arcadio, de ce moment, va totalement se cloîtrer dans le petit local aux vieux parchemins de Melquiades dont il entreprendra à son tour la tentative de traduction.

À cette catastrophe vient encore s'en ajouter une autre, mais naturelle celle-là. Pendant quatre ans, onze mois et douze jours il ne cessera pas de pleuvoir. Le sol sera gorgé d'eau, tout deviendra humide, les maisons craqueront, le bétail mourra noyé ou enlisé, plus rien ne poussera, tout pourrira... Auréliano le Second sera ruiné dans l'aventure et retournera chez Petra Cotes.

Amaranta Ursula et Aureliano prirent Ursula pour leur jouet. Celle-ci ne cessait plus de parler à ses morts, de raconter des histoires et ne comprenait rien à ce que les enfants lui disaient. Mais Ursula a toujours un magot secret composé de pièces d'or dont elle ne veut pas révéler l'emplacement. Et elle n'entend pas céder ! Aussi Auréliano le Second va transformer tout le jardin de la maison en un vaste champ de trous d'obus. Mais sans succès !

Un jour, enfin, apparaît un ciel bleu, puis un rayon de soleil !... Mais Macondo est totalement en ruine et n'a quasiment plus d'habitants ni de commerces. José Arcadio le Second, lui, n'avait toujours pas quitté l'étude de ses parchemins. Et voilà que c'est le moment que José Arcadio choisit pour annoncer à Fernanda qu'il a décidé de venir à Macondo, de Rome, avant que de prononcer ses vœux perpétuels. Les femmes se mettent en branle pour tenter de rendre la maison presque présentable. On mit Amaranta Ursula dans une école privée d'une grande ville alors qu'Auréliano sera laissé à l'abandon et il occupera son temps à étudier des encyclopédies qui avaient appartenu à Meme. Ursula mourut un Jeudi saint et on lui compta entre cent quinze et cent vingt-deux ans.

La maison de déglingua de partout. Auréliano promit à sa fille Amaranta Ursula des études à Bruxelles si elle venait à bien réussir. Ce qu'elle fit et elle partit à Bruxelles pour achever ses études. Quelques mois plus tard, José Arcadio le Second meurt en tombant sur ses parchemins alors qu'il parlait à Auréliano. Une semaine après être rentré chez lui, ayant toujours promis à Fernanda qu'il mourrait à son domicile, Auréliano le Second meurt à son tour.

Quelques mois plus tard, le jeune Auréliano n'avait toujours pas quitté la chambre aux parchemins qu'il était enfin commencé à décrypter. Tout part en quenouille autour de lui et il ne s'en aperçoit même pas ! Il ne reste plus que Sainte Sophie de la Piété pour tenir toute la maison. La mousse se met à gagner sur tous les murs, les mauvaises herbes passent au travers des carrelages extérieurs et intérieurs... Tout craque !... Sainte Sophie de la Piété part retrouver un vague membre de sa famille et Auréliano reste seul avec Fernanda. Comme elle ne fait strictement rien, c'est lui qui finit par lui faire la cuisine. Elle mange seule dans sa chambre livrée à ses rêves anciens de grandeur. Elle écrit à Amaranta Ursula et à José Arcadio que tout va pour le mieux.

Le jour où José Arcadio arrive enfin, sa mère est morte depuis quatre mois. Ce qu'il n'a jamais avoué à sa mère c'est qu'il n'a jamais fait ses études de théologie, mais bien la fête ! Il a tout dépensé en vêtements et en repas fastueux, mais, à croire sa mère, il s'attendait à un héritage fastueux !... Son réveil est des plus pénibles et les choses tourneront bien mal pour lui à Macondo, où il finira assassiné par des enfants. Mais pas avant qu'il n'ait trouvé le trésor d'Ursula et refait entièrement la maison à son goût. Pendant ce temps Auréliano travaillait toujours, enfermé, sur ses parchemins.

Un jour, débarque Amaranta Ursula avec son nouveau mari, un très riche flamand passionné d'aviation. Aureliano est ravi de retrouver son amie d'enfance, plus belle et plus gaie que jamais. Il souffre cependant d'un important souci. Il ne s'est jamais occupé que de ses études des parchemins et pas un instant des femmes. Or, il se fait qu'Amaranta Ursula et son mari ne pensent qu'à faire l'amour. À tout moment de la journée et n'importe où. La maison et le jardin retentissent donc presque sans cesse des roucoulements, gémissements et râles de la jeune femme. Auréliano n'en dort plus !… Il rêve d'en faire de même, mais avec elle. Il prendra une prostituée à plusieurs reprises, mais sans que cela ne le soulage vraiment.

Un jour, le mari occupé de son côté, ils commenceront à se chatouiller et à jouer, mais quand la jeune femme sentira les atouts qu'il possède, l'irréparable s'accomplira au plus grand bonheur des deux. Heureusement le mari circule assez bien ce qui leur laisse pas mal d'occasions pour vivre de très bons moments. Il doit même rentrer quelques mois en Belgique !… Mais un jour, Amaranta Ursula reçoit une lettre du mari qui annonce qu'il arrive. Elle lui répond en lui avouant son aventure avec Auréliano et le fait qu'elle ne pourrait plus s'en passer. Le mari prend les choses assez bien. Voilà Amaranta Ursula enceinte et les amants sont terriblement perturbés par l'idée qu'ils pourraient être frère et sœurs.

Arrive l'accouchement et l'enfant est un mâle dans toute sa splendeur et « …qui avait tout pour recommencer cette lignée par le début et la purifier de ses vices pernicieux comme de sa vocation solitaire, car il était le seul en tout un siècle à avoir été engendré avec amour. »

Mais après l'avoir retourné, ils découvrent qu'il a une queue de cochon. Ils ne s'inquiètent pas trop car ils ne connaissent pas le précédent familial et qu'on leur dit qu'on pourrait bien vite la couper. Et puis, voilà Amaranta Ursula qui se met à perdre son sang et on n'arrive pas à arrêter cette hémorragie ! Elle meurt … Auréliano part à la pharmacie pour l'enfant et, quand il revient, il voit le petit panier vide. Il court partout, fait toutes les hypothèses jusqu'au moment où il voit ce qui reste du bébé péniblement traîné par des fourmis vers leur repaire. L'épigraphe des parchemins disait : « Le premier de la lignée est lié à un arbre et les fourmis sont en train de se repaître du dernier. »

Il comprend que les parchemins ont été écrits par un homme qui connaissait toute l'histoire à venir de la famille. En prenant les dernières pages, il lit sa propre histoire, le moment qu'il vit au moment où il le vit. Il voudrait voir plus loin, mais il est écrit que « cette histoire sera rasée par le vent et bannie de la mémoire des hommes à l'instant où Aureliano

Babilonia (lui) achèverait de décrypter ces parchemins…. Car aux lignées condamnées à cent ans de solitude, il n'était pas donné sur terre de seconde chance. »

II. LE CONTEXTE

Gabriel Garcia Marquez est un auteur colombien. En tant que tel, il est impossible que son œuvre n'ait pas une certaine note politique.

C'est de là que viennent les descriptions de corruptions quasiment généralisées. On triche aux élections, on magouille avec des titres de propriétés de terrains, on lève des taxes locales non prévues, etc. Tout est bon pour s'enrichir quand on est en position de le faire.

Et puis, il y a une misère quasi généralisée qui pousse de jeunes femmes ou jeunes filles à se prostituer. Notons cependant aussi qu'une indiscutable liberté de mœurs règne dans le pays. Personne n'est dérangé de faire des enfants dans tous les coins et ils sont, bien souvent, élevés avec les enfants naturels par les grands-parents. Les entremetteuses vivent de beaux jours et les jeunes filles sont tout ce qu'il y a de plus consentantes. Tout cela n'a encore rien à voir avec le bordel qui est une institution comme une autre. Jamais on ne voit la population, masculine ou féminine, se plaindre de cet état de fait.

Quant aux guérillas, elles sont un fléau constant en Amérique latine de l'époque, mais elles sont loin d'avoir disparu du continent. À celles-ci vient encore s'ajouter la corruption générale créée par la mafia de la drogue. Mais cela, c'est un phénomène plus récent à cette histoire.

III. LES IDÉES

1. Ce qui précède fait évidemment aussi partie des idées. Le colonel Auréliano décidera de rejoindre la guérilla après avoir été témoin d'une fraude électorale manifeste de la part des conservateurs. Ce seront José Arcadio, son frère, et Arcadio enfant bâtard, qui joueront avec les titres de propriétés et les taxes levées sur les habitants.

2. Dans ce livre, nous avons aussi la notion de l'honneur qui peut mener au meurtre. José Arcadio Buendia tue l'homme qui s'est moqué de lui en mettant sa virilité en doute. C'est ce qui le poussera à quitter son village et à aller fonder Macondo. Pourtant, il est stipulé que c'était un crime d'honneur et que celui-ci aurait été pardonné. Nous retrouvons cette notion dans « Chronique d'une mort annoncée » où les deux frères assassins passeront en jugement, mais seront acquittés pour le crime commis, vu que c'était une question d'honneur.

3. Le sexe est omniprésent dans cette histoire. Comme nous l'avons vu ci-dessus, ceci est courant dans ces pays. Le curé qui débarque à Macondo semble effaré de voir que les hommes vivent en concubinage, ont des enfants naturels, etc. La femme plus âgée est ravie de déniaiser un jeune homme et ne s'en prive surtout pas ! José Arcadio a toutes les occasions, vu qu'elles sont nombreuses à vouloir profiter de ses atouts virils.

    Rebecca fera retentir ses cris de bonheur dans tout le quartier.

    Amaranta Ursula fera l'amour un peu partout dans la maison et n'importe quand. Ses miaulements et gémissements rendront Auréliano presque fou !... Peut-on le rendre responsable de finir par faire l'amour avec elle ?... En outre, Amaranta Ursula est la fille d'Auréliano le Second alors qu'Auréliano est le fils de Meme, elle-même fille d'Auréliano, mais ils n'en savent rien... Il serait soi-disant un enfant trouvé dans un panier. La queue de cochon vient de cette consanguinité.

    Même Amaranta, vivant en prières, ne manquera pas d'accomplir des gestes plus que défendus avec Aureliano José, fils bâtard d'Auréliano, son frère, avec Pilar Ternera.

4. Le village se développe au fils du temps, mais il n'en restera pas moins relativement pauvre. L'usine bananière va cependant apporter un petit enrichissement en donnant du travail. Mais cette usine appartient aux Américains et ils fixent leurs conditions et quitteront quand ils le décideront.

    Il est aussi intéressant de noter l'importance que les gens du passage jouent dans cette histoire. C'est vrai pour les Gitans, comme c'est vrai aussi pour gens du cirque et des spectacles. Ceux-ci sont d'ailleurs très présents dans l'ensemble de l'œuvre de Garcia Marquèz

    Notons encore que beaucoup de boutiques sont tenues par des Arabes et que ceux-ci seront parmi les derniers à rester au village.

5. L'amour apparaît comme un élément primordial de toute cette histoire et cela, surtout, en lisant les dernières lignes des parchemins.

Il semblerait que la lignée des Buendia était condamnée à cent ans de solitude. Et Garcia Marquèz insiste bien sur le fait que l'enfant d'Amaranta Ursula et d'Auréliano est le premier à être né de l'amour.

Il est assez vrai qu'ils sont peu nombreux à être nés de l'amour dans cette histoire. Les mariages sont rarement des succès, où ils ne se marient pas. En outre, chacun vit relativement seul dans son coin. Quant à Amaranta, elle déteste franchement Rebecca, repousse Crespi et un colonel, ami de son frère le colonel Auréliano. Crespi se suicidera. Amaranta et Rebecca ne se réconcilieront jamais. José Arcadio et Rebecca n'auront jamais d'enfants et le sexe les lie plus que l'amour. Quant au colonel Auréliano, sa mère Ursula découvrira avec horreur qu'il est incapable d'aimer. Fernanda n'en est pas plus capable et Auréliano le Second trouvera l'amour ailleurs. José Arcadio, frère d'Amaranta Ursula est plus intéressé que capable de sentiments, etc.

Le fils né d'Amaranta Ursula et d'Auréliano échappe à la règle. Il est né de l'amour, mais d'un amour interdit.

Nombreux sont ceux qui sont seuls dans cette lignée. À commencer par José Arcadio Buendia qui sera presque le seul à avoir compris ce qui devait l'être. Mais il sera considéré comme fou par tous.

6. La place des femmes est également un sujet important dans cette histoire. L'Amérique latine est souvent considérée comme une région de machos. Cela n'empêche cependant pas qu'une femme comme Ursula joue un rôle très important dans toute cette histoire. Mais ce sera aussi vrai pour Fernanda, même si son influence est plutôt nocive. Sainte Sophie de la piété et Remedios la Belle seront plus effacées. Quant à Meme et Amaranta Ursula elles ont également de fortes personnalités. Petra Cotes est une très forte femme qui influencera le destin d'Auréliano le Second et qu'il aimera profondément.

7. Vous noterez que dans l'œuvre de Marquez il est très fréquent que les gens vivent très vieux. Ursula serait morte entre ses 115 et 127 ans !... Dans « Mémoires de mes putains tristes » le héros désire une très jeune fille pour ses 90 ans. Puis l'envisage pour ses cent ans et même 110 ! Est-ce parce que sa mère n'est morte qu'à 102 ans ? Et il en existe d'autres exemples...

Suivre dans ce livre n'est pas toujours très facile à cause du fait que l'auteur utilise presque toujours les mêmes prénoms de génération en génération. Mais cela contribue aussi à donner une autre notion du temps qui passe.

IV. LE STYLE

Le style de Garcia Marquèz est tout aussi foisonnant que son intrigue. Un vocabulaire étendu et une écriture tout en couleurs. Il peint ses personnages avec énormément de finesse.

Un exemple assez caractéristique de son style au moment où Amaranta Ursula est prise par Auréliano :

« Amaranta Ursula négligea de se défendre et, lorsqu'elle voulut réagir, effrayée par ce qu'elle-même avait rendu possible, il était déjà trop tard. Un choc énorme l'immobilisa en son centre de gravité, l'ensemença sur place, et sa volonté défensive fut réduite à rien par l'irrésistible appétit de connaître quels étaient ces sifflements orangés et ces sphères invisibles qui l'attendaient de l'autre côté de la mort. »

Quelle description !...

V. CONCLUSION

Ce livre est une véritable merveille et, indiscutablement, nous sommes ici en présence d'un chef-d'œuvre ! À lire absolument !

Dans la même collection en numérique

Escadrille 80

Inconnu à cette adresse

La controverse de Valladolid

Les Vilains petits canards

Une partie de campagne

Cahier d'un retour au pays natal

Dora Bruder

L'Enfant et la rivière

Moderato Cantabile

Alice au pays des merveilles

Le faucon déniché

Une vie

Chronique des Indiens Guayaki

Je voudrais que quelqu'un m'attende quelque part

La nuit de Valognes

Œdipe

Disparition Programmée

Education européenne

L'auberge rouge

L'Illiade

Le voyage de Monsieur Perrichon

Lucrèce Borgia

Paul et Virginie

Ursule Mirouët

Discours sur les fondements de l'inégalité

L'adversaire

La petite Fadette

La prochaine fois

Le blé en herbe

Le Mystère de la Chambre Jaune

Les Hauts des Hurlevent

Les perses

Mondo et autres histoires

Vingt mille lieues sous les mers

99 francs

Arria Marcella

Chante Luna

Emile, ou de l'éducation

Histoires extraordinaires

L'homme invisible

La bibliothécaire

La cicatrice

La croix des pauvres

La fille du capitaine

Le Crime de l'Orient-Express

Le Faucon malté

Le hussard sur le toit

Le Livre dont vous êtes la victime

Les cinq écus de Bretagne

No pasarán, le jeu

Quand j'avais cinq ans je m'ai tué

Si tu veux être mon amie

Tristan et Iseult

Une bouteille dans la mer de Gaza

Cent ans de solitude

Contes à l'envers

Contes et nouvelles en vers

Dalva

Jean de Florette

L'homme qui voulait être heureux

L'île mystérieuse

La Dame aux camélias

La petite sirène

La planète des singes

La Religieuse

À propos de la collection

La série FichesdeLecture.com offre des contenus éducatifs aux étudiants et aux professeurs tels que : des résumés, des analyses littéraires, des questionnaires et des commentaires sur la littérature moderne et classique. Nos documents sont prévus comme des compléments à la lecture des oeuvres originales et aide les étudiants à comprendre la littérature.

Fondé en 2001, notre site FichesdeLectures.com s'est développé très rapidement et propose désormais plus de 2500 documents directement téléchargeables en ligne, devenant ainsi le premier site d'analyses littéraires en ligne de langue française.

FichesdeLecture est partenaire du Ministère de l'Education du Luxembourg depuis 2009.

Plus d'informations sur www.fichesdelecture.com

ISBN: 978-2-511-03014-1

Notes :